प्राण परिचय

कविता

डॉ. सौरभ

अंजुमन प्रकाशन

Title : Praan Parichay
Author : Dr. Saurabh

Published By-
Anjuman Prakashan
942, Mutthiganj, Prayagraj, 211003
www.anjumanpublication.com
anjumanprakashan@gmail.com

Printed and bound in India.
First published by Anjuman Prakashan in 2022
ISBN : 978-93-91531-90-4
Copyright © 2022 Dr. Saurabh
Printing rights reserved : Anjuman Prakashan 2022
Cover by Ishani Lal (Lucknow)
Typeset by Anjuman Prakashan

Price in India: 200/-

समर्पण

'प्राण परिचय' उन सभी को समर्पित है जिन्होंने जीवन के अलग अलग आयामों से मेरा अध्यात्मिक और सांसारिक परिचय कराया है। वास्तव में अध्यात्मिक और सांसारिक परिचय को विभाजित कर के देखना मेरी एक भूल थी, जब तक कि इसको गुरुदेव की स्नेहमयी उदारता ने मेरे अन्दर झाँक कर मेरी दृष्टि को आत्म से एकाग्रचित्त नहीं किया। यह काव्य संकलन सर्वप्रथम सम्पूर्ण रूप से गुरुदेव को समर्पित है।

मेरी प्रेरणा का श्रोत, जिनका मैं अर्धांग हूँ, डॉ. राजश्री, हिंदी की लेखिका होने के साथ एक स्वतंत्र शोधधर्मी हैं। मेरी रचनाओं की प्रथम आलोचक होने के साथ साथ उन्हें प्रोत्साहन दे पोषित कर सबसे रूबरू करवाने में उनका प्रमुख योगदान है। मेरी रचनाएँ उनके प्रेम भाव को समर्पित हैं।

यह काव्य संकलन सभी प्रेममयी मित्रों और पाठकों को भी समर्पित है जिन्होंने समाज द्वारा अकेन्द्रित ढंग से संचालित माध्यमों (सोशल मीडिया) पर मेरी रचनाओं को प्रेम दिया तथा संकलन में प्रकाशन हेतु प्रोत्साहित किया।

सभी पाठकों को मेरा नमन।

सौरभ

भूमिका

जीवन क्या है? देह क्या है? प्राण क्या है? जगत क्या है? जगत में आने का कारण क्या है? हम कौन हैं? हमारा परिचय क्या है?

सदियों से यही प्रश्न मनुष्य के मन को मथता चला आ रहा है और मनुष्य इसी प्रश्न के उत्तर की खोज में लगातार लगा हुआ है। हम सब इस संसार में इसी प्रश्न के उत्तर को खोजने आते हैं, पर संसार में आकर ऐसे उलझ जाते हैं कि खोज के बजाय खुद ही खो जाते हैं। हमारे पास बस दो ही साधन हैं जो हमारी इस खोज को पूर्णता प्रदान कर सकते हैं। वह हैं हमारे भाव और हमारे प्राण। यदि प्राण से परिचय हो जाए तो मन में जगने वाले भाव हमें इन के रहस्यों का पता बता देते हैं और हम अध्यात्म के मार्ग पर चलकर स्वयं को जान लेते हैं, पहचान लेते हैं। इस संसार में आकर यदि हमारा स्वयं से ही परिचय नहीं हो पाया तो हम भी इस संसार के लिए अनभिज्ञ और यह संसार भी हमारे लिए सर्वथा अनभिज्ञ।

भाव का जन्म तो हमारे मन में होता है, किंतु इसे अनुभव करने का कारण बनती है समस्त प्रकृति, जो प्राण देने वाले अनंत ब्रह्म के प्राकट्य रूप में हमारे समक्ष उपस्थित रहती है। जो मनुष्य इस प्रकृति से सीधे-सीधे जुड़ पाता है वही इस से संवाद कर पाता है, वही स्वयं से संवाद कर सकने में सक्षम होता है और उसका ही अपने प्राणों से परिचय हो सकता है। इसका आभास पुस्तक 'प्राण परिचय' की कविताओं को पढ़ते हुए सहजता से होता चला जाता है। तुलसीदास जी कहते हैं:

'निज कवित्त केहि लाग न नीका।
सरस होए अथवा अति फीका ॥'

परंतु जो काव्य सब को भाने लगे, सबके मन के भावों से सामंजस्य बैठाने लगे, वास्तव में कविता वही होती है। इसका आभास श्री सौरभ जी की प्रथम

कविता प्राण परिचय को पढ़ते ही होने लगता है जब वह कहते हैं:

'मैं साधक भी हूँ जीवन का और मेरे भीतर दानव भी।'

यह एक ऐसा सत्य है मनुष्य जीवन का, जिसका वर्णन अध्यात्म की उच्च अवस्था तक पहुँचा हुआ व्यक्ति ही कर सकता है। एक आध्यात्मिक व्यक्ति ही सर्व समभाव की भावना से ओतप्रोत होकर लोगों के जीवन में आशा का संचार करने के लिए 'दीप ज्योति' जैसी कविता रच सकता है जो कहती है:

**'अंजली भर दीप ज्योति ले, अंधकार के पार चलो चल,
विश्वास विजय का थाम हाथ में, हाथ लिए सब साथ चलो चल।'**

अध्यात्म की यह यात्रा करने के लिए माध्यम केवल और केवल प्रकृति ही बनती है और प्रकृति के इस आह्लाद को केवल प्रकृति प्रेमी ही सुन सकता है। अपनी कविता 'एक राय है सुन लेना' में वह प्रकृति के ऐसे कितने हैं स्वरों को सुन रहे हैं, जिसमें हवा से लेकर वृक्ष तक, पानी की गहराई से लेकर गिलहरी और गिरगिट की गिटपिट और कुटकुट तक। अगर वह आकाश में उड़ते पंछी के पंखों की आवाज़ सुन रहे हैं तो जल की सतह पर आयी मछली की ध्वनि भी। मन तो अपनी निर्बाध गति से कहीं भी यात्रा कर लेता है। मन की गति जड़ से लेकर चेतन तक भी है और किसी के मन तक भी। मन शोर बन जाए तो घनघोर मचा दे और शांत हो जाए तो बस नीरवता में डूबो दे। मन की उसी गति का साक्षात्कार इस कविता में होता है जो किसी के भी मन को आह्लाद में डुबो सकता है। जो मन केवल आह्लाद को महसूस करें और संवेदना की ध्वनि न सुन पाये वह मन एक कवि हृदय का मन नहीं हो सकता। "चलो एक बात करें, आज फिर एक नई मुलाकात करें" ऐसी ही संवेदनशील रचना है। कवि की यह संवेदनशीलता "मजबूरियाँ" में जाकर मुखर भी होती हैं और प्रखर भी;

**'कभी कफन भी उतार कर, कभी मौत को पार कर
कभी खुद ही की हार कर, कभी थोड़ा उधार पर'**

'जीत लेती है चंद कुछ पल, कुछ मुस्कुराहटें,
और बरसती रूह से, आपस में बाँट लेती हैं। मजबूरियाँ......'

सृष्टि के संधाता तुम में शब्द युग्म का प्रयोग मन को बाँध लेता है: 'जननी जनन', 'सिंधु संघ', 'मंदार मयंक', 'मान मांधाता', 'कर्म करदाता', 'नमन सजग' आदि जैसे शब्द युग्म नर नारायण की भाँति प्रकट हो उठते हैं।

ऐसी उच्चता के पश्चात 'किलकारियाँ' का निश्चल भाव चेहरे पर मुस्कान ले आता है।

'ऐ ऊँचे पर्वत में'- "लहू बहा पर सर न झुका, बारूदों की चादरओढ़ ली मैंने, दरिया मुझ में उमड़ा जब भी दुश्मन ने माँ का नाम लिया.." वीरता सूचक जैसे भाव उनके देश प्रेम और स्वाभिमान की भावना को दर्शाते हैं।

मानवीय विकारों में अहंकार और दंभ मनुष्य के सबसे बड़े शत्रु हैं। यह जिसके भीतर होते हैं, प्रकट हो ही जाते हैं। यह ऐसे सच हैं जो कभी छुपते नहीं। किंतु इन विकारों को जानेंगे तभी इनसे मुक्ति पायेंगे और जब इनसे मुक्ति पायेंगे और खुद रंग का पता चलेगा तब सच्चा इतराना होगा। जिसमें न कोई गम होगा, न कोई अहंकार। बहुत ही सुंदर भाव है इस कविता के:

'मैं तरल हृदय से रंग सरल सा, माथे छू छू जाऊँ
बेरंग हवा में सरस छटा ले, अंतरंग में घुल मिल जाऊँ
चैतन्य ओढ़ कर, सुर्खरंग हो घुल-मिल जाऊँ
मैं होकर तेरा, तेरे ही रंग में, बचपन सा मुसकाऊँ॥'

ये कविता ईश्वर से एकाकार की अनुभूति को दर्शाती है। ईश्वर से एक रूप हो जाने पर जीव बच्चे सा निर्मल और निश्छल हो जाता है, सरल हो जाता है, निष्कपट हो जाता है। ऐसे आध्यात्मिक विषयों को शुद्ध साहित्यिक शब्दों से रचते हुए सौरभ जी कब बड़े स्वाभाविक रूप से उर्दू की नरम मीठी जुबान में चले जाते हैं और लिखते हैं:

'रूबरू जब भी हुए तो पूछेंगे उससे,
जब भी मिली निगाहें, क्यों हम बेहोश थे?'

दीदार ए हुस्न, खामोश, जुबान, मिजाज, लिहाज, मुकम्मल, इस कदर, बेकरार, इश्क, खुदगर्जी, आगोश, बेहिसाब, बदसूरती और लिहाफ और साथ में यह देशज शब्द, अहा ! आनंद ही दे जाता है:

'जब तू ही मेरा खुदा, तो कोई दयार क्यों
जब मिल गया है तू, तो कोई गुहार क्यों ॥'

छोटी-छोटी खुशियाँ हमारे सामने खड़ी होती हैं और हम न जाने किन बड़ी-बड़ी चीजों की आस लगाये इन से महरूम रह जाते हैं। बकौल सौरभ जी 'कभी आसमान को सर तक ओढ़ करतो देखिए', 'कभी समंदर पर दौड़ लगाकर तो देखिए' और 'कभी पहाड़ पर चढ़कर आसमान से तारों को उतार कर तो देखिए' यह ख्वाहिश, यह कोशिश आपकी जिंदगी से हर गम को खींच कर ले जायेंगी।

आपके जिस कविता ने मुझे बहुत प्रभावित किया वह थी यह "यह शख्स कौन है" यहाँ उसकी बात हो रही है जो सर्वव्यापी होकर भी सब के अंतर्मन में ही रह लिया करता है। उसके लिए बस इतनी सी जगह पर्याप्त है।

छल-कपट और स्वार्थ से भरे हुए संसार को देखकर जब वह कहते हैं:

'थोड़ी मासूमियत बचा कर रख लीजिए, डाके बहुत अभी पड़ने वाले हैं'

तो मुँह से बस वाह-वाह ही निकलती है। बढ़ती हुई दुनिया में वह लिखते हैं:

'तुम अपना दिमाग लगाओ, हम अपनी ताकत दिखलाएँ; आओ जुगत भिड़ायें'

यह जुगत संसार को भेदभाव भूलवाकर एकजुट करने वाली जुगत मालूम होती है।

'बवाल से बेहाल', 'दोस्त और जिंदगी', 'चलो जरा सा चमन चुराए' बेमिसाल रचनाएँ हैं।

सुनार से उनके प्रश्न उनकी कल्पनाशीलता को तो दर्शाते ही हैं, साथ ही रिश्तो की उलझनों को भी बहुत ही खूबसूरती से बयाँ करते हैं। उनके इस काव्य संकलन की जो रचना मुझे सबसे प्रिय लगी वह है 'वासुदेव तेरे इंतजार में'; अकेली कविता ही अपने भीतर इतना कुछ समेटे हुए हैं। बाल गोपाल कान्हा से लेकर महाभारत के रण में कृष्ण के विराट स्वरूप के दर्शन कराने में समर्थ और सक्षम है। ईश्वर के इस विराट स्वरूप को केवल प्रेम और समर्पण के द्वारा ही जाना जा सकता है।

यदि "अटल हो अपना दौर चुना, सानंद साधकर, जीवन आलिंगन, और सत्य मीमांसा" की बात न की जाय तो इन उत्कृष्ट रचनाओं के साथ अन्याय होगा। अंत में यही कहते बनता है प्राण परिचय पठनीय और संग्रहनीय काव्य संग्रह है। जो निश्चय ही हर पढ़ने वाले के प्राण का किसी न किसी रूप से उसका साक्षात्कार अवश्य करवायेगी। आप का रचना संसार आगे भी ऐसी उत्कृष्ट रचनाओं से सामरी होता रहे यही मेरी शुभकामना है।

(श्रीमती विनीता मिश्रा)

लेखकीय

भावनाओं का कोई पता नहीं होता है। निर्जीव से सजीव हो वो कब अपना पता बदल लेतीं हैं, यह पता भी नहीं चलता है। मन का भाव, जीवन के नए अनुभवों से होता हुआ कहाँ कहाँ परिचय कर आता है, पता ही नहीं चलता। यह प्राणमयी परिचय भावों को निरन्तर सजग, सजीव और सहज रखते हैं। वह स्वाँस के बंधनों से युक्त हो मुक्ति के नए मायने निर्धारित करते हैं। वह सत्य से साक्षात्कार करवा कर नव-अनुभूतियों से तादात्म्य स्थापित करते हैं। यह जीवन में, नयी व्याख्याओं, नयी आशाओं, नयी दिशाओं, नयी व्यवस्थाओं, नये सौंदर्य, नये सन्दर्भ नये सम्बन्धों और नये प्रयोगों से नई प्राण ऊर्जा संचालित करते हैं। जीवन पर्यन्त हम अपने आत्म को ढूँढने के लिए नित् नए प्रयास करते रहते हैं। इन प्रयोगों में कई बार नए प्रयोग करते हैं और शब्द, निःशब्द से बनी संरचना में अपने परिचय को ढूंढते रहते हैं। हमारे संसर्ग से जागृत अनुभूतियाँ नव भावों का संचार करतीं हैं। हम अपनी प्रज्ञा और मेधा के अनुसार अपने भावों को अपने व्यवहार में लाते हैं। यह व्यवहार प्राण पोषित हो कर कभी वाणी में प्रकट होता है, कभी कार्यकलापों में, कभी निर्भाव अकर्मण्य में और कभी रचनाओं में प्रकट होता है। जब भावों का हिमनद अपने परिचय से मुक्त हो अबाध गति से धरती के रेशे रेशे को प्राण ऊर्जा दे, समुद्र में अपना परिचय प्राप्त कर उन्मुक्त हो जाये तो काव्य का जन्म होता है। 'प्राण परिचय' ऐसे ही भावों का काव्य संकलन मेरे अग्रज और मेरे पाठकों को समर्पित है। 'प्राण परिचय', जीवन के, प्रकृति के तथा समाज के विभिन्न पहलुओं को छूती हुई अनुभूतियों का एक गुलदस्ता है।

मेरे छोटे से अनुभव में महान कथाकारों, रचनाकारों और कवियों के सृजन की प्रेरणा रही है। व्यवसाय प्रबन्धन विषय की पढ़ाई करते और लिखते-पढ़ाते कब लेखनी गद्य और पद्य में विचरण करने लगी, पता ही नहीं चला। लड़कपन में लिखी गयी कविताएँ, लखनऊ की धरती का शायराना स्पर्श, अवध परिक्षेत्र का अल्हड़पन, उत्तराखंड में बिताये आत्मिक क्षण, और जम्मू कश्मीर के श्री माता वैष्णो देवी विश्वविद्यालय परिसर की खूबसूरत धरती पर बिताये गए भावपूर्ण पल जीवन के अनुभवों को कविताओं में साकार करते गए। वरिष्ठ रचनाकारों से

सीखते हुए इस संग्रह की कविताएँ मंच प्राप्त कर श्रोताओं का प्रेम प्राप्त करती गयीं। जीवन के आत्मीय पलों को संजों कर, अनेक प्रकार के भावों को व्यक्त करती 'प्राण परिचय' मानवीय जीवन के उद्देश्य, प्रकृति से एकात्म, सूफियाना प्रेम, स्वयं से स्वयं की पहचान, मानवता के उद्भाव, भक्ति प्रेम इत्यादि को संजोने का प्रयास करती है।

वास्तव में कविता का स्वयं का एक भाव होता है, जो कि विभिन्न परिस्थितियों से प्रेरित होता है। कविता अन्तर्मन की विचलित अवस्था का परिणाम है। वस्तुत: सम सामयिक परिस्थितियों से उत्प्रेरित हो यह रचनाएँ अपने स्वरूप को प्राप्त हो गयी हैं। शीर्षक कविता 'प्राण परिचय' मन के उस भाव को दर्शाती है जिसमें हम निरंतर स्वयं को ढूँढ़ते ढूँढ़ते आगे बढ़ते रहते हैं। प्रकृति से मिल कर अपनी प्रकृति को जानना और निरंतर बढ़ते जाना ही जीवन का परिचय है। अन्य कविताओं में अपने आत्मा के प्रकाश के साथ आशा का दामन थाम कर निरंतर आगे बढ़ने की कामना है। 'दर्द से किनारा कर लें' कविता में मानवीय पीड़ा को समझने की और उससे आगे बढ़ने की कल्पना है।

इस काव्य संग्रह में हमारे जीवन को छूते हुए कई ऐसे परिचय हैं जो हमें निरंतर चलती हुई स्वाँस की भाँति जीवन प्रदान करते हैं और हम सुप्त मन से तब तक उनका संज्ञान नहीं लेते जब तक उनकी अनुपस्थिति दस्तक नहीं देती या फिर हमारा जीवन ही विशेष परिस्थिति में उनको महसूस ना करने लगे। ऐसे ही हैं हमारे पेड़, पौधे, नदी, पर्वत, पंछी इत्यादि। हमें इन्हें निरंतर महसूस करने और इनसे मानवीय संवाद बनाये रखने की आवश्यकता है। इनके साथ साथ हमारे वीर सैनिक जो अनवरत हमारे जीवन की स्वतंत्र साँसों से हमारे साक्षात्कार के प्रहरी हैं; उनके भाव से प्राण परिचय करवाती कविताएँ, कविताएँ जो प्रकृति से मेल का आह्वान हैं, हमारी राष्ट्र भक्ति के भाव को संजोती हैं, मिलता के भाव को निखारती हैं, भक्ति और समर्पण के भाव से युक्त हैं, आत्ममंथन को सजग हैं, पाठकों को समर्पित हैं।

मैं अपने सभी पाठकों से विनम्र अनुरोध करना चाहूँगा कि मैं कोई प्रशिक्षित कवि नहीं हूँ। सच बोलूँ तो मुझे शब्द ज्ञान, मात्रा ज्ञान और कविता का आरोह, अवरोह, संरचना, तारतम्य, इत्यादि किसी का भी ज्ञान नहीं हैं। मेरे पास सिर्फ भाव हैं और अपने अग्रज कवियों, शायरों और लेखकों से सुने हुए

शब्द हैं। उन शब्दों के गूढ़ तथा शोधमयी अर्थ हैं, जो कि विद्वानजनों से मंत्रणा कर आत्मसात किये गए हैं। पाठकों से विनम्र अनुरोध है कि वह यह रचनाएँ सूफियाना, प्रकृतिवाद, छायावाद किसी भी श्रेणी या वाद में ना रख कर इनको अपना प्यार दें। यह कविताएँ जीवन की विभिन्न परिस्थितियों में, मन के भावदशा में उत्पन्न हुई हैं। इनका हेतु मात्र स्थितियों, मनोदशाओं और अवस्थाओं का दर्शन है। मानव जीवन और उसकी प्रकृति को टटोलने का प्रयास मात्र है। मैंने प्रयास किया है कि पाठक और आने वाली पीढ़ी को इन कविताओं से चिंतन के साथ साथ आत्मिक सुख की भी अनुभूति हो। इस संग्रह की कविताओं में सजग रहने, सानंद को साधने और जीवन में निरंतर आगे बढ़ते रहने का आह्वान है। कुछ हल्के फुल्के आनंद के लिए 'मऊ मखानी' जैसा शब्दों का अन्तर योजन भी है, जो कि बाल मन को टटोलने के लिए लिखा गया है। 'सही और गलत' और 'सत्य मीमांसा' हमारे मानवीय व्यवहार का परिचय करवाती कविताएँ हैं। मनुष्य को अकसर द्वन्द की परिस्थिति में सत्य और असत्य का परिमाण करना पड़ता है। यह कविताएँ ऐसे ही मनोभाव को दर्शाती हैं।

काव्य संग्रह 'प्राण परिचय' का अध्यात्मिक प्राण मेरे गुरुदेव हैं, जिनके मार्गदर्शन में जीवन का मार्ग प्रशस्त हो रहा है। आपको मेरा शत्-शत् नमन है। जीवन दर्शन के मेरे प्रकाशमयी साधक स्वामी भद्रशील, स्वामी मुकेश एवं साध्वी मीरा दीदी ने मेरे चिंतन को सदैव ही नयी दिशा प्रदान की है। आपका प्रकाश अपने अन्धकार में स्वयं को ढूँढने में सहायक है। आप सभी को मेरा प्रणाम भरा धन्यवाद है।

काव्य संयोजन में कविताओं को धैर्यपूर्वक सुनकर इन पर अपनी सधी हुई प्रथम प्रतिक्रिया देने के लिए मेरी जीवन संगिनी डॉ. राजश्री को मेरा प्रेम भरा धन्यवाद है। वास्तव में डॉ. राजश्री को धन्यवाद करना ऐसा है जैसे कि ज्योति की लौ अपने दिए, तेल और प्रकाश को धन्यवाद दे रही हो। मेरी बेटी इशानी लाल, बचपन से ही मेरी कविताओं पर अपना निश्छल प्रतिक्रिया देती रही है। उसके मुख से मेरी कविताओं के भाव और उसकी संस्तुति वास्तव में मेरे लिए प्राणमयी वायु का कार्य करती है, जो कि कविताओं के भाव को नव स्वाँस देने में समर्थ हो। पुस्तक के आवरण पृष्ठ के अभिव्यक्ति पूर्ण चित्रण एवं पुस्तक हेतु चित्र प्रदान करने के लिए, मैं इशानी लाल को हृदय से धन्यवाद और आशीर्वाद

देता हूँ।

मेरे पिता श्री दयानंद लाल जी का शांत एवं मौन प्रोत्साहन तथा माँ स्वर्गीय आशा श्रीवास्तव जी के भावुक प्राणों ने मुझे सींचा है। मेरा जीवन आपकी संचित श्रद्धा से गति प्राप्त कर रहा है। मेरी दूसरी माँ (सासु माँ) और पिताजी (स्वसुर) श्रीमती राजवती श्रीवास्तव और डॉ. विजय कुमार जी का प्रोत्साहन और आशीर्वाद मुझे प्राण उर्जा प्रदान करता है। मेरी बहनें श्रीमती पल्लवी और श्रीमती मंजरी ने बचपन से ही मेरी तुकबंदी को और अनागत भावों को सींचा है। मैं उनका आभारी हूँ। मेरे जीजा श्री आनंद मोहन प्रधान तथा श्री संतोष श्रीवास्तव मेरे कर्मगति के सुभाक्षी हैं। उनको मेरा धन्यवाद है। मेरी भाग्यलक्ष्मी के भाई और मेरे मित्रवर भाई शिवेंद्र, सुभाष, सौरभ, तथा उनकी पत्नियों क्रमशः जया, अनुप्रिया और विधा तथा बहन श्रीमती विजयश्री श्रीवास्तव एवं भाई सामान साढू श्री समीर श्रीवास्तव, सभी ने मेरे जीवन में, मेरे कविताओं को प्रेम दिया है। आप सभी को मेरा धन्यवाद। श्रीमती आकांक्षा श्रीवास्तव, मेरी छोटी बहन को मैंने कई कविताएँ वात्सल्यमयी जबर्दस्ती से सुनाई हैं। उसकी हिंदी का प्रेम आज की पीढ़ी के अनुसार है। उसकी सीधी सपाट शब्दों में समझ में आने वाली बातों के आग्रह ने मुझे मेरे भाव व्यक्त करने में सरल होने की प्रेरणा दी है। यद्यपि मुझे ज्ञात है कि इस संग्रह में कुछ कविताएँ अपने शब्द संयोजन के कारण उसके जैसे पाठकों को भावनाओं के व्यापक समुद्र में ले जायेंगी।

मेरी कविताओं को प्रोत्साहन देने में मेरे बचपन के मित्र, जो कि व्हात्सैप्प सोशल समूह और फेसबुक से जुड़े, मेरे स्कूल के साथी, मेरे कॉलेज के साथी और श्री माता वैष्णो देवी विश्वविद्यालय के मेरे छात्र और सहकर्मी, का बड़ा योगदान है। प्रशंसा और प्रेम के दो शब्द सत्कर्म की इच्छा को और बलवती कर देते हैं। मेरे सभी मित्रों ने मेरी अनेक कच्ची तुकबंदियों और अधूरी शायरी में प्रशंसा के साथ साथ सार्थक प्रतिक्रिया/ आलोचना दी। उनके प्रोत्साहन और मेरी कविताओं के प्रति प्रेम को मैं नमन करता हूँ। उनके प्रति भावों को समर्पित कविताएँ 'दोस्त' 'यारियाँ' तथा 'दोस्त और जिंदगी' इस संग्रह में सम्मिलित हैं। मेरे राष्ट्रीय काव्य मंच के साथियों, विशेषकर जम्मू-कश्मीर में इसके अध्यक्ष श्री केवल किशोर जी को मेरा प्रणाम है। सिद्धार्थ विश्वविद्यालय की पावन भूमि से इस काव्य संकलन का संयोजन हुआ है । विश्वविद्यालय में एक उत्साहपूर्ण

वातावरण बना कर, सदैव प्रोत्साहित करने के लिए मैं यहाँ के कुलपति प्रो० एच० बी० श्रीवस्तव जी का हृदय से आभार प्रकट करता हूँ ।

कवियत्री, साहित्यकार, कलाकार एवं काव्य संग्रह 'विश्वामित्र के राम' की लेखिका श्रीमती विनीता मिश्रा दीदी का मैं हृदय से आभार प्रकट करता हूँ। जिस प्रकार से सीप एक एक बूँद को अपने में संजो कर स्पर्श मात्र से मोती में परिवर्तित कर देती है, दीदी के स्नेहशील भावात्मक ने इस संग्रह की कविताओं को शुक्ति कर दिया है। इस काव्य संग्रह के भाव को समझ कर इसकी भूमिका प्रदान करना और अपना आशीर्वाद देने के लिए मैं आपका बहुत बहुत आभारी हूँ। एक एक कविता को पढ़कर उसकी आत्मा को जागृत कर अपना प्राणमयी शुभाशीष देना, यकीनन यह आपके द्वारा इस संग्रह को प्रदान किया गया प्राण परिचय है। इस काव्य संग्रह का संयोजन कर इसे मूर्त रूप देने के लिए मैं अंजुमन प्रकाशन का हृदय से आभार व्यक्त करता हूँ।

मुझे यह पूर्ण विश्वास है कि सिद्धार्थ विश्वविद्यालय, कपिलवस्तु की प्राणमयी पावन भूमि से संयोजित यह काव्य संग्रह, चेतना के नए स्वर में अपना योगदान दे पायेगा। आशा है कि मेरे सभी पाठकगण इस संग्रह को अपना स्नेह प्रदान करेंगे और यदि कोई त्रुटी हुई हो तो एक अबोध शब्द संयोजक और भाव योजक मान कर इसे स्वीकार करेंगे। इस प्रार्थना के साथ आप सभी को "प्राण परिचय" समर्पित है:

"सरल प्राण तुम साध्य करो, तुम जीवन की नव धार बहो,
स्वीकार हो अंजुल अर्घ मेरा, प्रकाश पुंज विस्तार करो।
हे अरुण साध्य कर रथ मेरा, मेरे मस्तक आशीष धरो,
प्राण सुधा मेरा 'सौरभ', परिचय व्योतम विस्तार करो॥"

(सौरभ)

अनुक्रम

प्राण परिचय

एक प्राण परिचय जीवन का, अब तक मैंने जाना है,
किंचित पथ हो पथरीला, मुझको बस चलते जाना है।
शैवाल[1] सदा चट्टानों पर, हरित क्रांति ले आती है,
जीवन आशा, मन मैं हूँ, प्रस्तर प्रभा[2], मुस्काती है।

सर सार सदा मेरे मन में, कथ-कथ्य कथा जीवन की,
आरम्भ हुई मैं रचना हूँ, निर्व्याज[3] सदा आजीवन ही।
कृति कला, क्रांति कमल, मैं मध्य मार्ग, मर्म मानव ही,
मैं साधक भी हूँ जीवन का, और मेरे भीतर दानव भी।

मर्म हृदय लिए, मरीचिक वन, निर्विचलित चलता जाता,
कह कर्म कथा, करुणा पथ की, कीर्ति सज्जित सुरगाथा।
मैं नहीं समय का पर्यायी, मैं सत्य सार्थ का अनुयायी,
रोमांचित चित, स्थित मेरा, मैं सरल सुबह की अरुणाई।

विष वचन, मदिर, महिताप कहाँ, रथ के मेरे तुरंग-सधा,
विद्यमान वरदान मधुर, जिह्वा शोधित, संसार सुधा।
पौरुष प्रथा का साक्ष्य सदा, कुछ जो मैं विचलित होता,
अकर्म्य, अकथ्य, असक्ष्य से, कोई क्षण अनुभूदित होता।

एक काल जी आया हूँ, एक काल खंड, रच गया कहीं,
कई काल खंड अवशेषित हैं, उस की रचना रची गयी।
मैं बीज़ लगा कर आया हूँ, उस प्राण सुधा, संजीवन का,
कुछ कनक कनकती बेला का, सुननी है विशेष सदा।

'सौरभ' जीवन मेरा यह, कुछ अनुयायी, कुछ वरदाई,
अजेय अमर है धरा धुरी, चित विजित, वरण, हरषाई॥
चित विजित, वरण, हरषाई (2) ॥

प्राण परिचय

दीप ज्योति

अँजुली भर दीप ज्योति ले,
अन्धकार के पार चलूँ, चल,
विश्वास विजय का थाम हाथ में,
हाथ लिए, सब साथ चलूँ, चल।

मधुरम मधुरम मेल मधुर सा,
ज्ञान, ध्यान और प्रेम प्रसरता,
एक दूजे के, हर ओर छोर से,
नित आशा के साथ चलूँ चल।

विश्वास विजय का थाम हाथ में,
हाथ लिए, सब साथ चलूँ, चल।

प्रणय करूँ मैं दीपशिखा सा,
लौ दीपक से तेल बाती का,
अनन्त अंत तक भीग के रोशन,
मन करने को, एक बार जलूँ चल,

विश्वास विजय का थाम हाथ में,
हाथ लिए, सब साथ चलूँ, चल।

क्षण क्षण हर लूँ, काल अंध का,
ज्योत ज्योत से विस्तार वृन्द का,
ऊषाकाल के नव नूतन नभ तक,
'सौरभ' चल, नव प्रभात गढ़ूँ, चल,

विश्वास विजय का थाम हाथ में,
हाथ लिए, सब साथ चलूँ, चल॥

सृष्टि के संधाता तुम

आशीष धरा का शीष चढ़ा,
हे ! नव युग के निर्माता तुम,
जननी जनन का मान बढ़ा,
हो स्वयं सिद्ध विधाता तुम ।

तुम गढ़ने वाले सिंधु संघ,
तुम रचने वाले मंदार मयंक,
तुम मलंग होकर सजते,
सरोवर मान, मान्धाता तुम ।

तुम जीवन के हो पर्यायी,
तुम आशा की हो परछाई,
हो हिमांशु सजग नभ चित्त,
ताम में प्रज्ञा आख्याता तुम ।

चित्र फलक पे चढ़ जाता,
युग चित्र ऐसा गढ़ जाता,
अकपट वर्ण विविध संग,
हो शुद्ध कर्म, करधाता तुम ।

हे ! नव-यौवन तुम प्राण बोध,
कर राष्ट्र चेतना सजग प्रबोध,
यूँ नमन सजग संधान साधो,
सृष्टि के 'सौरभ' संधाता तुम ।

'दर्द से किनारा कर लें'

चलो अब दर्द से किनारा कर लें,

इश्क करें, छुप के, इशारा कर लें,

इस खेल में तो सभी ज़ख्म खाते हैं,

चलो खेलें और ज़ख्म दुबारा कर लें।

चलो अब दर्द से किनारा कर लें ......

टूटे रिश्ते, टूटे सपने, दिल की गाँठें,

जिस्म की, रूह की, साथ की बातें,

बेवजह इनको न कभी, छेड़ा जाये,

छेड़ने वालों से अब किनारा कर लें।

चलो अब दर्द से किनारा कर लें ......

आह निकले तो उसमें भी ग़ज़ल हो,

दर्द हो इश्क़ में, हुस्न-ए-अज़ल हो,

जो कहीं पिघलता ना हो हुस्न कभी,

खुद को ही बा-अदब, बेचारा कर लें।

चलो अब दर्द से किनारा कर लें ......

डॉ. सौरभ

बस्तियाँ इस पार, उस पार क्या है?
बीच में उलझा हुआ एक दरिया है,
डूब कर उस पार, ना कभी पहुँचेंगे,
चलो इश्क़ का हम शिकारा कर लें।

चलो अब दर्द से किनारा कर लें ......

तुम भी तो इश्क में डूबे हो 'सौरभ',
मिले उससे कभी तो मिला है रब?
मुनाफा भी कहीं इश्क़ में होता है क्या?
या फिर से हम अपना ख़सारा कर लें?

चलो अब दर्द से किनारा कर लें ......

प्राण परिचय

डर

डर मेरी साँसों में बेवजह,
है वजह है तेरे वजूद का,
तू जानता है रग-रग मेरी,
नाप रखा है तूने ताबूत का,

तेरे दुश्मन जो पहर गिनते हैं,
रात तुझसे मिलके सिलते हैं,
डर की चादर, मेरे कफ़न को,
साँस मिले जो किसी सूत का,

कारोबार साझा है, तुम्हारा,
ये जानता हूँ मैं, पर, दोबारा,
डर कर चुनूँगा, मौत अपनी,
थामकर हाथ किसी मगरूर का,

डर से आपका, वास्ता जो है,
उनसे आपका, रास्ता जो है,
बीमार कर, दवा का दिलासा देगा,
दवा बाज़ार में, बाज़ार है लूट का।

तुम भी दोस्त उनसे जुदा कैसे हो ?
दुश्मन होंगे वो, पर तुम ख़ुदा कैसे हो ?
दिलासा तुम भी देते हो, वो भी,
डर दिलासों में ही तो मौजूद था।

उधार साँसें तुम भी, गिनकर दोगे,
हवाएँ मोड़ोगे, नमी, चुनकर दोगे,
क़र्ज़ 'सौरभ' अच्छा कोई नहीं,
डरा देता है, दर्द क़र्ज़ पर सूद का।

प्राण परिचय

हिक़ारत, सुर्ख़ गालों को निचोड़ जाती हैं

कभी दो आँखों से देख कर अँधेरा महसूस नहीं होता,
जो होता है, दबा, छुपकर कहीं, बहुत भीतर, कोने में,
सर उठाता है बार-बार, जब भी पल दो पल के लिये,
किसी ओर से, बस किसी छोर से, रौशनी आती है।

दौड़ भी नहीं पाता है विश्वास, गले से लगाने के लिये,
वो अनूठे से दो पल, जो सुंदर सा कल थामने के लिये,
दोनो हाथों को फैलाकर, मन ही मन, यूँ ही मुस्कुराकर,
हाथ में, आँख में, चलती साँस में, जो दुआएँ आती हैं।

कभी आसमान को सर तक ओढ़ने का मन करता है,
कभी लगता है कि समंदर पर दौड़ लगायी जाये,
कभी पहाड़ों पर चढ़कर, हाथ से तारों को उतार लें,
बे-सबब ये कुछ छोटी ख़्वाहिशें ही, रंगीनियाँ, लाती हैं।

क्या होता की धड़कनें कुछ और बोलतीं, सीने में,
मैं उन्हें सुनता और कहता, कोई नहीं, जुबा ग़ैर है,
कमबख़्त कहतीं हैं, मेरे जिस्म के पूरे अधूरेपन से,
यही एक जुबान है, तो क्यों, समझ नहीं आती है।

दर्द अब नसों से उठकर दिल के दरवाज़े नहीं खटखटाता,
ना ही वो किसी बेरुख़ी पर कभी बहता है कहीं,
बेबसी बस तुम्हारे दामन की देखकर बरबस ही,
सोचता हूँ 'सौरभ', हिक़ारत, सुर्ख़ गालों को निचोड़ जाती हैं।

एक राय है, सुन लेना…

जब कभी पंछी,
पर फड़-फड़ाकर,
आसमान को छूने
की उम्मीद लगा ले,
तो उसका आह्लाद,
बस सुन लेना..

एक राय है, सुन लेना,

जब नीम डाल पर
चढ़ पूँछ हिलाकर,
कोई गिलहरी भी,
हँस कर किटकिटाये,
तो चपल भाव को,
बस सुन लेना ..

एक राय है, सुन लेना,

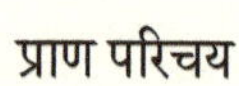

जब बहते पानी में,
बड़े गहरे अंदर से,
कोई मछली सतह
पे आकर, फड़फड़ाये,
तो उसकी उलझन,
बस सुन लेना ...

एक राय है, सुन लेना,

जब फूल-फूल से,
एक ही बगिया के
काँटों के, एक दूजे से,
कोई राज़ छुपाये,
तो कसक महक की,
बस सुन लेना ...

एक राय है, सुन लेना..
जब कोई गिरगिट,
झाड़ियों पर सरपट,
रंग बदल कर धीरे से,
आँख दबाकर मुस्काये,
तो उसकी हर आहट,
बस सुन लेना ...

सुन लेना, मन से ज़रा सा

बस हवा का उड़ना,
बस गिरता हुआ झरना,
बस चहक-महक की,
बस बारिश बहकती,
बस पीपल की छाँव
बस बहती हुई नाव,
बस हल्की सी थपकी,
बस थोड़ी सी झपकी,
बस आकासी रंगत,
बस मिलों की संगत,
बस दिल की उमंगें,
बस मन की तरंगे,
बस बिजली चमकना,
बस बादल गरजना,
बस अकेले सन्नाटे,
बस बिरहा के काँटे,
बस पीड़ा धरा की,
बस 'सौरभ' ज़रा सी,
हैं बिन कही ये बातें...
बस सुन लेना ....

एक राय है, सुन लेना.....

चलो बात करें

आज फिर एक नयी मुलाक़ात करें ,
चलो बात करें...
आँख मिलायें और साथ जज़्बात पढ़ें,
चलो बात करें।
फ़िक्रें ओढ़ी हैं जो हमने, तुमने,
दफ़्न हैं ख्वाहिशें, हम में, तुम में,
छोड़ के उनको अब नये हालात गढ़ें,
चलो बात करें ...

शिकवें हैं, तो मिलना भी ज़रूरी है,
कुछ ना कह के, कहना भी ज़रूरी है,
चुप रहें, बोलें और नमकीन सा लड़ें,
चलो बात करें..

हवाएँ कभी भी एक सी नहीं बहतीं,
सुकूँ करो किसी के पास नहीं रहतीं,
हवाऐं ओढ़, बादलों का रंगो-रूबात पढ़ें..
सौरभ, चलो बात करें...
चलो बात करें.. ॥

मजबूरियाँ

मजबूरियाँ बहुत ग़हरे तलक घुसी बैठीं हैं साहब,

कभी भी, कहीं से सर उठा कर झाँक लेतीं हैं,

कभी तंग साँसों से, कभी बे-डोर, आसों से,

खीचतीं हैं ज़िन्दगी की पतंग, जमीं नाप लेतीं है।

कभी चल पड़तीं हैं, भूख को पालकर,

कभी निकल पड़तीं हैं, सूरज सर पे डालकर,

कभी सड़क के किनारे, कभी किसी के चौबारे,

बेच कर जिस्म का गुरूर, कुछ साँस लेतीं हैं।

मजबूरियाँ ....

कभी कफ़न भी उतार कर, कभी मौत को पारकर,

कभी ख़ुद ही हारकर, कभी थोड़ा उधार पर,

जीत लेतीं हैं चंद कुछ पल, कुछ मुस्कुराहटें,

और बरसती रूह से, आपस में बाँट लेतीं हैं।

मजबूरियाँ ....

मजबूरियाँ, बड़ी बड़ी इमारतों से निकलतीं हैं,

कभी इस हाथ से, उस हाथ में फिसलतीं हैं,

अच्छे कपड़े पहन कर, कभी बिना कपड़ों के ही,

मज़दूरियों की उस ज़रूरत को भाँप लेतीं हैं।

'सौरभ' मजबूरियाँ बहुत ग़हरे तलक घुसी बैठीं हैं॥

किलकारियाँ

किलकारियाँ इस पार सुनाई देतीं हैं..
आज उस पार से, कोई धमक नहीं आयी
कोई मुस्तैदी से वहीं खड़ा है शायद,
इत्मिनान की, चेहरे पे, चमक नयी आयी।

बदल गया सा है, आसमाँ का बादल,
इस गरजने पे बच्चों को बड़ी हँसीं आयी,
रूई के रंग बदलते हैं आसमानों पर,
उम्मीद हैं, जो रिश्ते बदल, कहीं आयीं।

वही जोश, वही होश, वही गर्मजोशी हैं,
आयीं कई, हर बार, चुनौतियाँ नयी आयीं,
निशंक[1] निशांत[2], आज भी है मेरा,
रात गयी ठण्ड, बर्फानियाँ[3] थी, कई आयीं।

मेरा बचपन भी, इस पार, मुझसे कहता है,
तो क्या? सोची-समझी, जवानियाँ कहीं आयीं,
चुरा के छज्जे के, उस पार, देख लूँ फिर से,
मुझाये हुओं को, क्या चेतना, नयी आयी?

कुछ बँधे हाथ, गले, अब खुले फिर से,
क़िश्तकारी, हुनरबाज़ी, ऐसी मौसिकाई,
धमाके अभी भी कहीं सुनाई देते हैं,
पर ख़ुशी के, जो बजती हो कहीं शहनाई।

तंतरी[4], जा, तू आज ऐसे सुर बुन जा,
जिसमें, उन्मुक्त हँसतीं यारियाँ, दें सुनाई,
दिल में सुकून ले सोता है 'सौरभ' क्योंकि,
मुस्तैद है, मेरा यार, मेरा वीर, मेरा सिपाही....।

१ बिना किसी शंका के, निडर, २ शांतियुक्त, ३ कई प्रकार की चुनौतियाँ, ४ प्रशासक (सुरों को बजाने वाला अथवा पालन करने वाला)

ऐ ऊँचे पर्वत

ऐ ऊँचे पर्वत, ये सबको बता,
लहू बहा पर ये सर ना झुका,
फौलादी इरादों से था थामा,
एक-एक पत्थर, इस माटी का,

जब घर में सोये हुए थे सभी,
तब सन्नाटों में आवाज़ें सुनी,
बारूदों की चादर ओढ़ी मैंने,
माँ की गोद में, जागा, जिया।
ऐ ऊँचे.....

आकाश को सर ओढ़ा हमने,
धरती का दामन थाम लिया,
दरिया मुझमें उमड़ा जब भी,
दुश्मन ने माँ का नाम लिया।
ऐ ऊँचे.....

जिसने भी, जब भी, ललकारा,
दुत्कार के उसको पछाड़ दिया,
जिसने माटी को मलीन किया,
उसको ही माटी में गाड़ दिया।
ऐ ऊँचे.....

ये मिट्टी लाल थी ना कभी,
लाल था मैं इस मिट्टी का,
चट्टानों के सर पर चढ़कर,
लहू दरिया सा बहता गया।
ऐ ऊँचे.....

डॉ. सौरभ

कुछ शोले चीर गये तन को,
कुछ साथी तन विक्षिप्त हुए,
पर हार ना मानी साँसों ने भी,
हो विजयी ये जीवन सार जिया।
ऐ ऊँचे.....

कुछ साँसों से वचन निभाना था,
कुछ वादे थे घर के आँगन से,
बरसेंगे सावन मिल के सभी,
यह अपना,अपनों से वादा रहा।
ऐ ऊँचे.....

एक रक्षा का धागा बाँधा था,
एक सिंदूरी रेखा खींची थी,
दोबारा चढ़ा फिर काँधे पर,
भर-भर आँचल दुलराया गया।
ऐ ऊँचे.....

जब करुणा का मौसम आया,
हमने पर्वत और दरिया थामा,
जब भी 'सौरभ' ने शौर्य कहा,
उसको भी राष्ट्र के नाम किया।
ऐ ऊँचे....

प्राण परिचय

सैनिक की अभिलाषा

बली चढ़ी, स्वप्न सुखा के,
भुजा मिली, बलशाली थी,
मुख विक्षिप्त, छित्तर-बितर,
जिस पर यौवन की लाली थी;

धड़ मस्तक से, ध्वस्त हुआ,
साथी के माँस से माँस मिला,
वर्दी में तन, या तन में वर्दी,
स्थिर, ललाट की लाली थी;

पल में आस की स्वाँस गयी,
बिन आहट के करवट पलटी,
धमाकों संग, आसमान उड़ा,
जिस पे बदरी अभी काली थी;

लाल लहू, काले मंज़र पर,
बिखराकर, वह कहते थे,
नाखूनों में ना ख़ून बहा तो,
नीयत ही रगों की, काली थी ;

डॉ. सौरभ

गीदड़ भी सिंह को नोच-नोच,
हृदय धमनि तक खोद-खोद,
भीतर तक रुदन के राग रचें,
जबड़ों में क्या बस जुगाली थी?

धरा विक्षिप्त होकर अक्सर,
पूछ उठे, क्यों मातृभूमि पर,
आघात सह, प्रतिवाद मात्र,
क्यों? आदत ही ऐसी डाली थी,

मुझको अब यूँ जलने मत दो,
विश्राम पलों में गलने मत दो,
राष्ट्रध्वज ले हाथ, हुँकार भरूँ,
अभिलाषा इतनी ही पाली थी ॥
अभिलाषा इतनी ही पाली थी ॥

मेरे दोस्त

वो दूर से दिख जाता है,
अहंकार है, छुपता नहीं,
मेरे दोस्त, दंभ कोई भी,
सच में कभी, छुपता नहीं ।

स्वाभिमान स्वयं हमारी,
पहचान हमसे करा देता है,
मेरे दोस्त, अहंकार हमें,
नज़रों से नीचे गिरा देता है ।

नज़रिया कोई हो, कैसा हो,
सत्य, से वह दूर नहीं होता,
मेरे दोस्त, स्वाभिमान से,
कोई किसी से दूर नहीं होता ।

सुलगती रहती है हर पल,
जला कर राख़ कर देती ही,
मेरे दोस्त, नज़र भड़काती है,
अहंकार को और हवा देती है ।

डॉ. सौरभ

मान सबका मानकर आगे,
स्वाभिमान की सुन ले जरा,
मेरे दोस्त, धागे लचीले हैं,
एक ज़िन्दगी ही बुन ले जरा।

बहुत ऐसे भी मौसम आयेंगे,
जो बहाएँगे और झुकायेंगे,
मेरे दोस्त, अकड़ के क्या हासिल,
'सौरभ' मुस्करायेंगे, बहते जायेंगे... ॥

वो शख़्स कहाँ ?

जो मेरी मुझसे बात करा पाए,

वो शख़्स कहाँ ?

जो बिन बोले कितनी बात बता जाए,

पँखों में दम कितना होता,

यह पता नहीं इस पंछी को,

वो आसमान में छेद कहाँ तक,

कोई तो बतला जाए।

दरख़्त कहाँ जो छांव भी दे,

और हौसला रास्ते का,

झाड़ के पत्ते अपने तन के,

रौशन रातें कर जाए ।

'सौरभ' जो सुनता सारी बातें,

सुनकर बातें रख लेता,

ऐसा वक़्त कहाँ ?

जो बीत गया हो पर फिर से आए।

खुदरंग बना इतराऊँ

मैं तरल हृदय से,
रंग सरल सा,
माथे छू-छू जाऊँ;
बेरंग हवा में,
सरस छटा ले,
अंतरंग में घुल जाऊँ।

मैं धीर धरा का,
लेप लगा कर,
कोमलता उपजाऊँ;
नील गगन का
सहज सत्य ले,
नवरंग सा घुल जाऊँ।

मैं पुष्प पलाश का,
बन कर बिखरूँ,
स्वप्न नये सजाऊँ;
नव-यौवन का,
चैतन्य ओढ़कर,
सुर्खरंग हो घुल जाऊँ।

मैं होकर तेरा,
तेरे ही रंग में,
बचपन सा मुसकाऊँ;
हो ली जो मेरी,
निश्छल सी 'सौरभ',
खुद रंग बना घुल जाऊँ।

वो नहीं रहते हैं, रोज़ से

रूबरू जब भी हुए, तो पूछेंगे होश से,
जब भी मिलीं निगाहें, क्यूँ हम बेहोश थे?
नशा है ये कैसा आपके, दीदारे-हुस्न में?
चेहरे से कह गये, ज़ुबान से ख़ामोश थे।

क्यों आप ही है क्या, क़ातिल मिज़ाज के?
छुरियाँ, कटार रखते हैं, बड़े ही लिहाज़ से।
होंठों को जो मिलाते, मुकम्मल इस क़दर,
ख़ुदा क्यों बुलाये, ख़ुद ही जायेंगे जोश से।

मंदिरों में, मस्जिदों में, है ये इंतज़ार क्यों?
तुझसे मिला नहीं, फिर भी, बेक़रार क्यों?
क्या इश्क़ है ख़ुदा से, या ख़ुदगर्ज़ी तेरी,
ख़ुद ही ख़ुद के नहीं, जाता है आग़ोश में।

जब तू ही मेरा ख़ुदा, तो कोई दयार क्यों?
जब मिल गया है तू, तो कोई गुहार क्यों?
ऐ बदसूरती के लिहाफ़ में छिपी ज़िंदगी,
सुना है, तू सुनती है मुझे, बड़े ही होश से।

लब्बो-लुआब कैसा, सब लोग हैं मानते,
जिस राह जब चले, सब उसे ही जानते,
मिलती तो मुझसे ज़िंदगी है बेहिसाब सा,
'सौरभ' कहते हैं, वो नहीं रहते हैं, रोज़ से...
वो नहीं रहते हैं, रोज़ से॥

यह शख़्स कौन है?

यह शख़्स कौन है जो दीवार में तो रहता है,
पर खुले आसमान से बात किया करता है।

जब मुस्कुराता है तो बादल से निकल करके
सूरज भी तेरा इस्तक़बाल किया करता है।

जानते कौन कहाँ ग़ैर हुआ, कौन अपना,
वो झरोखों से हाथ हिला दिया करता है।

ख़ुशबुओं से अनुराग उसका है ये कैसा,
पेड़ जो फूलों को ही उधार दिया करता है।

'सौरभ' पूछे राज़े-गुलकंद, तो बोले,
इसका भी कोई इश्तेहार दिया करता है?

प्राण परिचय

मेरे राज़

थोड़ी मासूमियत बचा के रख लीजिए ,

डाके बहुत अभी पड़ने वाले हैं,

धड़कने गिनने का था यह हक़ जिनको,

वो दिलों पर अब चढ़ने वाले हैं,

मेरे हर एक क़सीदे की रज़ा है जिनको,

वो मेरे चेहरे को पढ़ने वाले हैं,

मेरे माथे की लकीरों को, पता ना चला,

कब पेशानी पे, बल पड़ने वाले हैं,

हम ही आये थे गोशे में, जुनून था अपना,

अब क्या जो, बिछड़ने वाले हैं,

हाथ जो अब तक सकूने-शाबाशी थे, वो,

हाथ गिरेबाँ को पकड़ने वाले हैं

बच्चे कितने खेलते हैं अभी, मैदाने-दिल में,

क्या उम्र से भी, ये बढ़ने वाले हैं?

मैंने फैला के रिश्तों की दुकान लगायी थी,

ये ख़रीदार भी सिकुड़ने वाले हैं,

खोल कर रखने को सब तैयार हैं, 'सौरभ',

मेरे राज़, जो वही गढ़ने वाले हैं॥

साथ होते हैं...

साथ होते हैं, जब पास होते हैं,
बस वही रिश्ते तो ख़ास होते हैं,
हम तो ओढ़कर हर पल उनका,
जी लेते हैं जब भी उदास होते हैं।

ख़ामोशियाँ, सीने पे सर रखकर,
कह देती हैं सब, कुछ ना कहकर,
आँखें दिल को भिगो ही देतीं हैं,
जब भी गले तक जज़्बात होते हैं।

घर के एक दूर कोने में होती है,
दुबकी सी, मगर ख़ुशी होती है,
साफ़ करके, सभी गिले शिकवे,
ढूँढ लें, जब वो आस-पास होते हैं।

बुझे दिलों में वो उम्मीद बाक़ी है,
रौशन हों ये तलब-दीद बाक़ी हैं
ज़रा चिरागों से कहो, ख़ूब जलें,
अन्धेरों के कई अन्दाज़ होते हैं।

वजह भी कोई, दरमियाँ ना हों,
जो हों तो हम हों, दूरियाँ ना हों,
रूह को जिस्मों से, पैवस्त करें,
'सौरभ' ऐसे भी लिबास होते हैं॥

आओ जुगत भिड़ायें

आओ जुगत भिड़ायें,

तुम अपना दिमाग़ लगाओ,

हम अपनी ताक़त दिखलायें,

आओ जुगत भिड़ायें;

बड़ी भीड़ में, जैसे-तैसे,

कुछ भी कर, ऐसे-वैसे,

चलो कहीं हम बढ़ते जाएँ,

आओ जुगत भिड़ायें;

चक्का चलता-फिरता है,

चुर-चुर चर-चर करता है,

धक्के से फिर तेल लगायें,

आओ जुगत भिड़ायें;

पस्त हुआ, ध्वस्त हुआ,

कोई सोया, मस्त हुआ,

जगे हुए को और जगायें,

आओ जुगत भिड़ायें;

बड़ी देर, कुछ हुआ नहीं,

लिया दिया कुछ रहा नहीं,

चलो कुछ कर दिखलायें,

आओ जुगत भिड़ायें;

हम बोलें, तुम भी बोलो,

थोड़ी थोड़ी कुंडी खोलो,

'सौरभ' अब ना चुप कर जाएँ,

आओ जुगत भिड़ायें ॥

डॉ. सौरभ

बवाल से बेहाल

चलो मिलकर मिसाल गढ़ते है,
कुछ तुम करो, कुछ हम करते हैं,
क़त्ल भी आधा-आधा, ही करके,
ज़िंदगी को ही, बेहाल करते हैं।

क्या कहीं से है कोई, मुस्कुराया,
पता करो कि वो, कहाँ से है आया,
उसे दस्तूर बताओ, यहाँ का ज़रा कि,
रोने वालों का ही, इस्तक़बाल करते है।

क़ायदे अपने ज़रा, यूँ संभाल रखना,
हुज़ूर की हुज़ूरी में, फ़िलहाल रखना,
स्याह रंग ख़ून का हर कोई है प्यासा,
क़ायदे से ही, ज़ुबानें लाल करते हैं।

चंद साँसें भी तुमको मिल गयीं कैसे?
ये बंद थीं तो खुलीं, खिड़कियाँ कैसे?
उन हवाओं का रुख मोड़ दो फिर से,
वो क्यों हुकूमत से, सवाल करते हैं?

तुम कौन हो ? मुंतज़िर किसके हो,
चलो जाओ ! मुख़्तसर से किस्से हो,
भाड़ में फूटते हुए, तुम बस छिटको,
भड़भूजे जब तवे को लाल करते हैं।

काग़ज़ों पर लिखकर के बोल दिया,
चलो तुमने भी सब राज़ खोल दिया,
अब बाक़ी रह ना पाये उम्मीद कोई,
ज़िन्दगी इस क़दर, मुहाल करते हैं।

चुप रह कर भी वो क्यों चुप नहीं रहते,
धड़कनों का बोलना, कोई कहीं नहीं सहते,
बेइरादा ही दिल खोलकर रख देते हैं,
सौरभ भी क्या-क्या बवाल करते हैं...??

दोस्त और ज़िंदगी

मेरे पल-पल का हिसाब लेता है,
जब भी चाहे, वो बाँट लेता है,
वक़्त, आज भी मिला था मुझसे,
पूछा मुझको तू कैसे काट लेता है।

मेरे माथे की शिकन है, या फिर,
कुछ लकीरों ने ही खेल खेला है,
कुछ समय की, नज़दीकियाँ भी
उम्र भर का मानो तो साथ देता है।

सुबह की हर रोज़ की दस्तखत पर,
कभी ख़याल में, या किसी ख़त पर,
अब भी दोस्तों का देख के चेहरा,
'सौरभ' तो ज़िंदगी को नाप लेता है॥

यारियाँ

कितने बरस की ये यारियाँ हैं,
पूछते क्यों हो, दिखता नहीं है?
पूछनेवाले, क्यों होश गुमाँ है,
सोचते क्यों हो, दिखता नहीं है?

माथे की लकीरें, दुगनी बढ़ी थीं,
शिकन मेरे नहीं, उसके पड़ी थी,
गले मिल के अजब ग़ायब हुआ,
दर्द था, अब क्यों दिखता नहीं है?

वो मुस्कुराना भी थमता नहीं है,
वो कहकहाना भी थमता नहीं है,
बर्फ़ सा बरसों से जमा बैठा था,
पिघलना भी क्यों, दिखता नहीं है?

बातों का भी कोई, मतलब ना ढूँढों,
इसका उसका कोई मतलब ना ढूँढों,
जो जानते हो तुम, तरतीबियाँ सारी,
बेवजह अन्दाज़, क्यों दिखता नहीं है?

कहाँ फिर ग़म ख़ुशी दोनों का होना,
कहाँ फिर एक साथ हँसना और रोना,
बेतकल्लुफ़ से 'सौरभ' मिलते हैं कब,
आज फिर यार संग है, दिखता नहीं है?

दोस्त

दिल से दिल खिल गये,
जब दो दोस्त मिल गये,
बहुत पुरानी बातें बँटीं,
अन्दर जो बैठीं थीं सटीं,
तकिये के रुई की तरह,
इस क़दर गुथे कि बेपनाह,
बिखर-बिखर के जो मिले,
रूहें लिहाफ़ भरकर सिले,
कुछ बदमाशियाँ और भी,
क़िस्सों का निरंतर दौर भी,
सैर को फिर यूँ निकल गये,
'सौरभ' दीवाने जो मिल गये ॥

प्राण परिचय

चलो ज़रा सा, चमन चुरायें..

चलो ज़रा सा, चमन चुरायें..
ना मेरे मन का,
ना तेरे मन का,
जो सबका है, वो गगन छुड़ायें..
चलो ज़रा सा, चमन चुरायें...

बादलों, क्यों बरस लगे हैं,
कई हैं जो कि तरस रहे हैं,
बूँद-बूँदकर बरस ही जायें..
ना हो सके तो गगन चुआयें,
चलो ज़रा सा, चमन चुरायें..

बड़ा जले हो, अब थाम लो,
तपन अपनी, अब जान लो,
चाँद के आँगन, शमाँ जगायें,
थाम के किरणें, अहम बुझायें..
चलो ज़रा सा, चमन चुरायें..

मुक्त हुआ मन, बता कहाँ है,
उड़ा कहाँ तक, पता कहाँ है,
भँवरजाल सब, चलो हटायें,
बिना फँसे ही, लगन लगायें..
चलो ज़रा सा, चमन चुरायें..

गुलों की रंगत बदल रही है,
वो साज़ो-संगत बदल रही है,
कुशों की चाहत है, लहरायें,
चलो बादलों को, गुदगुदाएँ...
चलो ज़रा सा, चमन चुरायें..

सघन हो पर, हो कहाँ पर,
मगन हो पर, अहं लगाकर,
बरबस वहीं पर पिघल जायें,
बैठा जहाँ कोई नयन लगाये....
चलो ज़रा सा, चमन चुरायें..

गर्म हवा क्यों, बहा-बहाकर,
जड़ों को ही, सुखा-सुखाकर,
टहनियाँ पत्ते, यह समझ ना पायें,
क्यों ओस की बूँदों में मन बसायें..?
चलो ज़रा सा, चमन चुरायें..

सरल कहाँ है, असल कहाँ है,
गगन भी इतना, तरल कहाँ है,
'सौरभ' चलो, क़दम बढायें,
आसमान को पकड़ हिलायें.. ॥
चलो ज़रा सा, चमन चुरायें..चलो ज़रा सा, चमन चुरायें....

ऐ सुनार ..

ऐ सुनार ..
तुमने रिश्तों को पिरोया है कभी,
या स्वर्ण से हार ही बुना करते हो?
तार चाँदी के भी उलझते हैं कभी,
गाँठ पड़ती है तो क्या करते हो?
मोतियों की आँख में जाना है क्या,
या धागों से बेतार, जुड़ा करते हो?
क्या नज़र आयें हैं सितारे भी कभी,
मोतियाँ जो आँखों से चुना करते हो?

ऐ सुनार ...
नींद भी क्या दस्तक देती है कभी,
जब भी सोने पे थाप दिया करते हो?
चाँदी सा रंग मिलता है क्या कभी,
जब नन्ही हथेलियाँ छुआ करते हो?
रिश्तों में तलाश कर देखा है कभी,
चमक हीरे को तराश लिया करते हो?
बदलते रंग जो मिलते हो भी कभी,
तो कैसे उनसे निबाह किया करते हो?

ऐ सुनार ..
स्वर्ण जवाहरात से बात की कभी,
यूँ ही उनका, भाग गुणा करते हो ?
सुन विरहणी करुण संताप कभी,
कैसी आभूषित सांत्वना करते हो ?
तीव्र उठता भावना भँवर देख कभी,
किस भाव से तुम टाँकना करते हो ?
ख़ुदा बन के सामने आता हो कभी
रिश्ता फिर कैसे पहचान करते हो ?

ऐ सुनार ...
तुमने रिश्तों को पिरोया है कभी,
स्वर्ण में जो मिलान किया करते हो ?
कौन सा, कैसे, किधर कहाँ और कभी,
'सौरभ' रिश्तों का श्रृंगार किया करते हो ?

दिल खोल आना

दरवाज़ों पर पढ़ा था मैंने,

लिखा था, आना तो दिल खोल आना,

जो क़दमों में घबराहट दें,

ऐसी ज़ंजीरों को भी ज़रा खोल आना,

रोज़-रोज़ लौटने का तुम,

कुछ नया बहाना भी अब खोज लाना,

जो बुलाते हो फ़रिश्ते भी,

कहना फ़ुर्सत में और किसी रोज़ आना,

ईद के दिन गले मिलना,

नज़र उठाना, मिलाना, और होश आना,

तुम तिज़ारत को ही सही,

मेरे मिज़ाज, दरमियाँ-ने आग़ोश आना,

ढूँढने पर भी कहीं ना मिलें,

चुपके सोती पलकों को ही खोल आना,

निगाहें भी राज़ नहीं रखतीं,

तुम भी दीवारों से सब कुछ बोल आना,

असबाब खुली हवा में तुम,

घर आने से पहले ही सब टटोल आना,

भारी बहुत हैं ये बीती यादें,

खुले आसमान से ज़रा बस तोल लाना,

दुआएँ सब बग़ल में बसीं,

रोज़ बस खिड़कियाँ सारी, खोल आना,

चाँद ये रोज़-रोज़ बढ़ता है,

चाँदनी रातों से मिलना तो ये बोल आना,

तुम्हारी बस हँसी तसव्वुर,

खिलखिलाना गालों पर पुरज़ोर आना,

मिलेंगी तुमसे भी 'सौरभ',

वो घर में बैठीं हैं, बस बिना शोर आना ॥

जहाँ अब तो मेरा सरमाया हुआ

रात में रौशनी से नहाया हुआ,
महताब भी है, क्या शर्माया हुआ;
मिले जो हम-नवा रात रस्ते पे,
बचपना काँधे चढ़कर था आया हुआ;
गले एक रोज़ काँधे पर हाथ तेरा,
जो मिला, जन्नत का साया हुआ;
उम्र भर रास्ते पे चलते हुए सोचा,
किस क़दर ढूँढूँ, वो जो ज़ाया हुआ;
जिस्म में रूह, कहीं तो छुपी होगी,
निकालो जो भी है दफ़नाया हुआ;
नब्ज़ ये महसूस करके कहती है,
हमें मालूम है, कौन है आया हुआ;
'सौरभ' मिल लिये जो गले तुमसे,
जहाँ अब तो मेरा सरमाया हुआ॥

डॉ. सौरभ

मुस्कानें सब दरवाज़े खोलतीं हैं

मुस्कानें सब दरवाज़े खोलतीं हैं,

मासूमियत का राज़ बोलतीं हैं,

तसल्लियाँ काँधे पर हाथ रख,

बातकल्लुफ़ अन्दाज़ बोलतीं हैं,

मिलतीं जब महफ़िलों में रौनक़ें,

मिलकर वो बेहिसाब बोलतीं हैं,

चेहरे पर जुगनुओं की चमक ले,

तितलियाँ भी आज डोलतीं हैं,

क्या मुस्कुराने लगे हो तुम भी?

मसरूफ़ियत राहतें रात ढूँढती है,

कभी मिलते हुए फ़ुर्सत में हमें,

ये आँखें भी कुछ ख़ास ढूँढती हैं,

इन्द्रधनुष बहुत भीतर तक बसा,

युवकोचित रंग ख़ास घोलतीं हैं;

'सौरभ' गहराइयाँ बहुत हैं अभी,

बस डूबने का मिज़ाज ढूँढतीं हैं ॥

गगन की मणि

पानी गिर के उठ गया,
मिल के उनसे कहीं
यह बूँदे सह ना सकीं,
भाप हो उड़ती रही,
मिज़ाज उनका भी था,
पत्थर बन के मिलें,
बहाव आया की बहे,
साथ जूनून में सही,
श्वेत प्रपात या फिर,
बहती हुई बूँदे हँसीं,
'सौरभ' उत्सर्ग होती,
हुई है, गगन की मणि।
उत्सर्ग होती, हुई है, गगन की मणि ॥

वासुदेव तेरे इंतज़ार में

क़ैद में वसुदेव देवकी,
अब भी इस संसार में,
दिन पहर सब बाँचते,
'वासुदेव' तेरे इंतज़ार में।

प्रकट भी हो, हरी रूप में,
हर लो तुम सबकी पीड़,
'मोहन' यह बंदीगृह हुआ,
मोह में, गहरे गड़ा शरीर।

पैर पसारे हुए पालने में,
अठखेलियाँ करें विचित्र,
'बाल-गोपाल' पर ध्यान दें,
यशोदा बाँधे तो सँवरे चरित्र।

माखन मथ-मथ हैं, पेरती,
यशोमती ना छोड़े आस,
'नंदलाल' कभी तो तृप्त हो,
माखनचोरों की यह प्यास।

जटिल हुआ अब वृंदावन,
गोपन को है पर विश्वास,
'गोपीनाथ' लौट बस आओगे,
हर में, निश्छल मन, हर स्वाँस।

नयनन आतुर जड़ हुई,
हृदय की धर कर थाप,
'राधेय' राह तो 'तुम' भूले,
राधा क्यों करे विलाप।

कठोर कंस हर मोड़ पर,
मद, स्व:प्रेम और स्वार्थ,
'यदुवंशी' किस विधि करें,
सर्वहित, सेवा, नि:स्वार्थ।

रुक्मणी की भी साधना,
साध्य हो गये हर धाम,
आधार थाम हर धार का,
अति घन से भए 'घनश्याम'।

मित्र मान कर राज करें,
मित्र का करें अति सम्मान,
'मथुराधिपती' सम समाज के,
सुदामा! आज कहाँ भगवान।

क्रिया साधकर, कर्म का,
अर्जुन को सिधाया ज्ञान,
महाभारत कभी ना ख़त्म हुई,
'कृष्णा'! अभी भी वही संग्राम।

दुशासन चहूँ ओर बसे,
कैसे तुम रखोगे लाज,
तार-तार हो रही द्रौपदी,
'कान्हा' फिर से आज।

कौरव हैं युग में आज भी,
पांडव सा जतन लगवाँय,
'गोपाला' कहीं भीतर बसें,
तो धर्म विजयी कर जाँय।

राग छेड़कर, तुम कहो,
किस विधि बसे वैराग्य,
'देवकीनन्दन' कुरुक्षेत्र में,
धरो करुणा, बिन अनुराग।

बुनते बुनते, बिखर पड़ें,
हर मोती, अहम् के तार,
'रणछोड़दास', मुक्तिबोध,
किस विधी, स्वीकारूँ हार।

सौरभ सब 'था' अब नहीं,
आगे का भी क्या संज्ञान,
'सखा' मीत बस प्रेमगती,
सुख मिलूँ, मैं बिन अभिमान॥

मउ मखानी

मउ मखानी,
दूध में पानी,
भाषा ऐसी,
जैसी तैसी,
जानी मानी,
या पहचानी,
सूझे बूझे,
जो हो ज्ञानी।

मउ मखानी,
तेरी जुबानी,
हिंदी सिंदी,
माला बिंदी,
कहाँ लगायी,
के, समझायी,
समझ में आयी,
बन गये ज्ञानी।

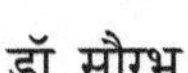

डॉ. सौरभ

मउ मखानी,
बहता पानी,
भूले बिसरे,
सारे मिसरे,
रट आये थे,
उलट गये वे,
सीधे कर लो,
फिर से पढ़ लो,
'सौरभ' फिर से,
पी लेना मीठा पानी,
बने देखो सारे ज्ञानी... ॥

प्राण परिचय

अब बदलना चाहता हूँ

तेरे आभास पर विश्वास करना चाहता हूँ,
मैं चमन हूँ, बस अब महकना चाहता हूँ,
इधर की दूब भी, उधर का साया बन जाये,
एक ऐसा, फिर ख़्वाब देखना चाहता हूँ,
मैं मजबूर था, नफ़रतों की बंदिशों में पड़ा,
तंग छातियों से, अब निकलना चाहता हूँ,
मैं तरक़्क़ी का मौजूँ ही बस करता रहा,
अब तसल्ली से, रफ़्तार बनना चाहता हूँ,
घरों में रोटियाँ, सुकून के कुछ पल मिलें,
मैं रात में, सड़क पर निकलना चाहता हूँ,
बेटियों के ख़्वाब भी, अब परवान चढ़ें,
ये नज़ारा ही, सरेआम करना चाहता हूँ,
तंग ना गालियाँ हों, ना दिलों तक रास्ता,
सिर्फ़ इसी अंजाम से, मिलना चाहता हूँ,
'सौरभ' तुम्हारे दिल में फिर से बस जाऊँ,
मैं 'अपना देश' हूँ, अब बदलना चाहता हूँ... ॥

स्वाधीन हो

आधीन हों सद्-भाव के,
आधीन हों सम- भाव के,
आधीन हों हम मिल के,
आधीन हों सद्-चरित के,
आधीन हों विज्ञान के,
आधीन हों शुभ-ज्ञान के,
आधीन हों सभी रंग हों,
आधीन विविध संग हों,
आधीन हों अद्भुत रहें,
आधीन हों अच्युत रहें,
आधीन हो एकजुट रहें,
आधीन हम अमिट रहें,
आधीन हों स्वाभिमान के,
आधीन दूजे के सम्मान के,
आधीन हों तिरंगे के,
आधीन हों उमंगों के,
आधीन हों गणराज्य के,
आधीन हों स्वराज्य के,
आधीन हम हों विधान के,
आधीन हम संविधान के,
आधीन हों 'भारत' मंत्र के,
आधीन हों शुभ स्व: तंत्र के,
आधीन ही हो हम स्वतंत्र हैं,
स्वाधीन ही हो प्रजातंत्र हैं..
स्वतंत्रता का सम-भाव हो,
'सौरभ' राष्ट्र का उद्भाव हो... ॥

अटल हो अपना दौर चुना

मैं विराम से उठकर आगे,
पथ अंजाना, ठौर चुना,
जीवन को जो दे मुस्कानें,
ढूँढा हर पल, और चुना,
संग्राम जो जीवन दे जाये,
महाभारत भी विभोर चुना,
कृष्ण जो सारथी बन जाये,
ऐसा विजयी रथ दौड़ चुना,
मुस्कानें गालों पर छा जाये,
ऐसे ही मधुकर गीत चुना,
करुणा काँटों पर बन आये,
फूलों ने अपना मीत चुना,
संकेत में अपने सारी बातें,
शब्दों को हरदम, सार चुना,
तुम जानो, तुम अपनी बातें,
हमने तो, हर एक बार चुना,
दिल ही दिल में, आते-जाते
दिल का हर एक तार चुना,
सुर से ताल मिलते मिलाते,
हमने लय का, इकरार चुना,

धड़कनें सभी जहाँ सुन पायें,
हमने तो वही दरबार चुना,
साँसों के हमराज़ बन जायें,
हमनें उनका संस्कार चुना,
अटल साधना, गौरव गाथा,
मातृभूमि का ही प्यार चुना,
भारत से ब्रह्मांड यज्ञ यथा,
विश्वप्रेम का विस्तार चुना,
सुलभ मनुष्यता, गीत बनाके,
शब्द, सखा सब ग़ौर चुना,
संभल संभल के बीज लगाके,
हर एक में सुंदर, बौर चुना,
अथक परिश्रम, प्राण परीक्षित,
सद्हृदय ही अपना ठौर चुना,
कर्तव्य रथ, हर पल आशान्वित,
'अटल' हो अपना दौर चुना ॥...

बयार, आला है कहाँ?

तपती आँखों से गिरी,
वो बूँद नहीं, अँगार है,
जलती छाती में बसी,
ये कौन सी चित्कार है,
नग्न हृदय बस टीसता,
भीतर बसा संताप है,
छिटकार करके रीस्ता,
कैसा धरा में ताप है?
किसकिसाहट है बड़ी,
चर्म का ही व्यापार है,
भूनकर के भोग को,
लालसा भी तैयार है ।
आरोहिणी है काँपती,
प्रखर मेधा के मेल में,
इतनी तपिश, क्यों बसी,
है सखी, इस बेल में?
हथेलिओं में फूटते हैं,
स्वप्न अंकुर रूप में,
कुदालियों से टूटते हैं,
उबलते छाले धुप में ।
क्या छला है द्वन्द ने,
और है स्वीकार क्या?
इस विरोधी वृन्द में,

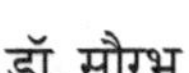

जया का आधार क्या?
मूँदकर के पलकों को,
कामना का बोध क्यों?
इन बुझी सी आँखों में,
बसा विद्रोह, क्रोध क्यों?
सुप्त 'सौरभ' हो रहे,
प्रतिरोध, ज्वाला है कहाँ?
भस्म करने को बहे,
वह बयार, आला है कहाँ?
वह बयार, आला है कहाँ?
वह बयार, आला है कहाँ?

प्राण परिचय

मीठा सा बोल दो

शहद सा ही, आज मुझमें घोल दो,
चंद बातें ही, पर मीठा सा बोल दो ।
मिश्रियाँ मन की सारी, अब तोल दो,
मुस्कुराओ, और मीठा सा बोल दो ।
चंचल चपल, खट्टा मीठा, गोल दो,
चटकारे भरकर, मीठा सा बोल दो ।
मंद हवा के सर पर चढ़कर डोल लो,
पेंग लगाकर, फिर मीठा सा बोल दो ।
नख नशीले नैनों में भी सब कुछ बोल दो,
मटकाती हुई आँखों से मीठा सा बोल दो ।
कसी हुई सारी गाँठों में कुछ झोल दो,
बारीकी से सही, पर मीठा सा बोल दो ।
पहचान जरूरी नहीं, तेरी मेरी, खोल दो,
दिल की पिटारी, और मीठा सा बोल दो ।
आते जाते, चेहरों को पढ़कर ही, बोल दो,
कितना सच है? झूठ ही, मीठा सा बोल दो ।

दीवारों के पीछे है सारा अम्बर, खोल दो,
उड़कर के आओ और मीठा सा बोल दो ।
झूठी-मूठी शिकायतें भी अब मत मोल लो,
दिल गहरे झाँको, और मीठा सा बोल दो ।
नफ़रत मुझसे करने का भी, जो कौल दो,
फिर भी चुपके, कानों में मीठा सा बोल दो ।
चलो बैठ किनारे, अब एक दूजे की पोल लो,
जाहिर है ! अब सब, तब मीठा सा बोल दो ।
जिक्र कभी आ जाये, तो एक बार, टटोल लो,
भीतर कुछ भी पाओ, पर मीठा सा बोल लो ।
'सौरभ' सच कुछ हो, हल्के से खोल दो,
बह जाओ मुझमें, बस मीठा सा बोल दो ।

प्राण परिचय

सानंद साधकर

आकारण ही आकर्षण की,
मयूरी हो के नित्य नाद पर,
मैं विस्मित होकर के विस्मृत,
आह्लादित, था असाध्य पर,
वीणा सी सरल कंपित काया,
माघ मिली, बिखरे नव स्वर,
कुम्भ धरे तान मद प्रीत कसी,
अंग तने ही गूँज रहे कसकर,
झंकारी कोमल सी श्रुति बन,
अनामिका भी करती आतुर,
साध्यप्रदा पंच प्रभा अनुप्रिय,
कर गती मधुर द्यूति परस्पर।
नाड़ी से वेग मन की सजग,
स्वाँस से प्राण प्रयुक्त कर,
कहीं आनंद कर्मगति पाता,
तानंद त्याग के मन जागकर।
सुजता के करुण भाव यद्,
बुद्ध हुए साध्य-असाध्या पर,
कित् ढूँढूँ निश्चल अनुभूति,
जो मिलती अंजुल, बूँद भर।
भाव घोल के क्षीर मथ अद्भुत,
जीवन कारण, सभी जानकर,
'सौरभ' सत्य नव गति आता,
नित्य नवीन, सानंद साधकर॥

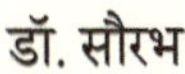

जीवन-आलिंगन

मैं जन्म बन्धन, नहीं मानता,
आजीवन संग, नहीं जानता,
जल, पृथ्वी, अग्नि के भी,
साक्ष्य साधारण सही साधता;

गाँठ गुथी है, नहीं जानता,
आस जुटी है, नहीं जानता,
माँग सिंदूरी, क्यों हो जाती,
मुस्कान से पूरी, नहीं जानता;

हाथ-हाथ पर, नहीं जानता,
साथ-साथ भी, नहीं जानता,
बस सूत बराबर, दूरी हो तो,
स्वाँस बाँधना, नहीं जानता;

वचन निभाना, नहीं जानता,
जतन लगाना, नहीं जानता,
क़दम क़दम, ये बढ़ते आये,
प्रयत्न तुम्हारा, यही जानता;

प्राण परिचय

हाँ ! मान सखी मैं प्रीतमय हुआ,
जिस पल ये संग प्रणय हुआ,
बन्धन नहीं, यह प्राण सूक्त है,
युक्त सुधा सुधि, यही जानता;

मुक्त भाव, अम्बर पर अक्सर,
अवनि पर बिखरे उसको छूकर,
हर कृति स्वर्णिम सजती कैसे,
'सौरभ', आलिंगन यही जानता.. ॥

आग़ोशे-मुहब्बत

हर बार वजह मिल जायेगी
तुमसे यूँ रुख़सत होने की,
जो मिल जाती एक वजह,
आग़ोशे-मुहब्बत होने की ।

एक बार चलो, ढूँढ ही लें,
क्यों गोशे-गोशे खिलते हैं,
ये बाग़ बर्फ़ को ओढ़ गले,
इंतज़ार में जन्नत होने की ।

रोने के बहाने, कम भी नहीं,
अश्कों की कोई राह तो हो,
खारा पानी ये, सैलाबे-तलब,
सागर सी ज़रूरत होने की ।

गाहे-गाहे वो, आते ही क्यों ?
ज़िक्र में नाम छिपाते ही क्यों ?
मिलते जो ख़ुशी से ही मर जाते,
बात क्यों, तबियत खोने की ।

प्राण परिचय

जो शर्म से लाल, हुई होगी,
वो कहने की बात, रही होगी,
ख़ुशफ़हमी में हम दोनों ही रहे,
कि उनकी है नीयत, कहने की।

वो कहते हैं कि, ढूँढों ना कभी,
घर आयें तो मिल लेंगे कभी,
मिलते जो ख़ुशी से ही 'सौरभ',
फिर होती क्यों हसरत होने की॥

सही और ग़लत

सही और ग़लत के बीच;
नापता हूँ, तो फ़ासला नहीं मिलता,
मिलता है तो बस कि-
हवा किस ओर को बह रही है,
किस तरफ़ से रूखकर के,
कौन सी उम्मीदों के साथ,
जी रहा हूँ मैं, ये पूछते हुए,
रात अभी कितनी और गहरी है।
झूठ और सच के पास में,
कितने गवाह हैं, जो खड़े हैं,
मुस्तैदी के साथ, जानकर,
की जमात कितनी बहरी है,
ग़लत तुम भी हो, हम भी,
सही तुम भी नहीं, हम भी,
सच की चाल कभी ना थी,
वो रूठ कर बस, कह रही है।
हममें सही जब कोई नहीं,
ग़लत का पता भी तो नहीं,
मान लो तुम आँखों की बात,
बाक़ी बिसात है, बड़ी गहरी है।
'सौरभ' सही और ग़लत के बीच;
नापता हूँ, तो फ़ासला नहीं मिलता,
मिलती है तो बस एक भूख,
जो ना जाने कब से वहीं ठहरी है॥

सत्य मीमांसा

सत्य छोटा नहीं होता,
वो छुपता भी नहीं,
हाँ, किसी कोने में,
अहम् के बोझ तले,
इंतजार करता है,
की झूठ से झुके,
सरों में कोई उठेगा,
और पहचान लेगा ।

सत्य गूँगा भी नहीं होता,
बस बोलता ही नहीं,
हाँ, किसी धुन में मगन,
अपने ही सुर में,
गुनगुनाता रहता है,
वह कहता ही नहीं,
कहते हैं पर उसकी,
कोई आवाज नहीं होती,
शांत संगीत, इंतजार,
करता मर्म हृदय का,
जो स्वर पहचान लेगा ।

सत्य अँधा भी नहीं होता,
बस प्रकाश से परे,
अपने ही अहंकार में,
नज़रें चुराते-चुराते,
सबसे बचते-बचाते,
बैठा रहता है जैसे,
आवाज दे बुलायेगा,
कोई, हाथ बढायेगा,
और फिर थाम लेगा।

सत्य अहस्पर्श्य नहीं होता,
बस कोमल से भाव,
से सहज ही छू जाने,
यथार्थ के गर्म स्पर्श,
से कहीं पिघल जाने,
की विभीषिका से,
निकलने का साहस,
पा लेने तक 'सौरभ',
बना रहता है, आद्योपांत,
क्यों, कहाँ, किस तरह,
कौन, कब, संज्ञान लेगा ॥

प्राण परिचय